AF535848

Maja Dusíková è nata a Piestany in Slovacchia e ha studiato arte a Bratislava dove si è diplomata come graphic designer e illustratrice di libri nel 1973. Maja Dusíková ha partecipato con successo a mostre in tutto il mondo e ha illustrato oltre 40 libri. Dal 1982 vive a Firenze con la sua famiglia.

Versione testo: Katja Alves
Stampa e rilegatura: Print Best, Estonia
ISBN 978-3-314-10186-1
Quarta edizione 2024

www.nord-sued.com
Per domande, richieste o suggerimenti si prega di scrivere a:
info@nord-sued.com

Heidi

Johanna Spyri · Maja Dusíková

Raccontato da Katja Alves.

Nord Süd

Dal ridente paesino di Maienfeld parte un cammino che, attraversando sentieri boscosi, arriva sulle montagne.

Un caldo mattino di giugno, una giovane donna percorre il ripido sentiero verso le Alpi. Tiene per mano una ragazzina.
La bambina si chiama Heidi. I suoi genitori sono morti molto tempo fa. Heidi abita dalla zia Dete. Ora però Dete ha trovato un lavoro a Francoforte e non può più occuparsi della nipote.
Per questo vuole riportarla dal nonno della bambina. D'ora in poi sarà lui a occuparsi di Heidi.
«Come puoi fare una cosa del genere?» dice la gente del villaggio.
«Quella povera bambina!». La gente ha paura di quel vecchio brontolone che vive da solo in montagna.

Dopo che Dete se n'è andata, il nonno si siede su una panca e fuma la sua pipa.
Ha due caprette. Una si chiama Bianchina e l'altra Diana.
Heidi beve il latte di capra caldo e il nonno le chiede: «Ti piace?».
«Non avevo mai bevuto un latte così buono» risponde Heidi.

Heidi dorme nel fienile, su un letto di fieno profumato.
Nel tetto c'è un buco rotondo. Attraverso questo buco si può vedere fino a valle. «È bello qui» dice Heidi contenta.

Il giorno dopo, Heidi salta giù dal letto di buon mattino. Davanti alla capanna c'è il capraio Peter con il suo gregge di capre. Il nonno conduce Diana e Bianchina fuori dalla stalla. «Vuoi venire anche tu al pascolo?» chiede a Heidi. Certo che vuole!

Heidi raccoglie fiori per tutto il pomeriggio. Sono per il nonno. Alla sera però quando vuole regalarglieli, i fiori sono tutti appassiti. «I fiori vogliono stare al sole e non nel tuo vestito» dice il nonno. «Allora non ne prenderò più» decide la bambina.

L'estate finisce presto. Arriva l'autunno e sulle Alpi comincia a nevicare.
Un mattino il nonno tira fuori la slitta. La nonna di Peter aspetta da tanto
la loro visita giù nella valle.
La nonna è cieca e non può vedere quanto sono belle le montagne.
Così Heidi le descrive tutto e le racconta di quello che ha vissuto là sulle Alpi.
Da quel momento in poi la nonna non vede l'ora che Heidi ritorni.
Durante la visita successiva il nonno ripara le persiane rotte che sbattono
contro la parete della casa. In questo modo finalmente la nonna può
dormire di nuovo in pace.

Passa anche l'inverno. Torna l'estate e poi di nuovo l'inverno.
In primavera Dete viene in visita sulle montagne. Racconta che a Francoforte ha conosciuto persone ricche: una certa famiglia Sesemann.
Dete vuole portare Heidi a Francoforte. Il nonno si infuria.
Non vuole che la bambina diventi una presuntuosa ragazzina di città.
«Se vado a Francoforte, alla sera posso tornare a casa?» chiede Heidi.
«Puoi tornare a casa ogni volta che vuoi» risponde Dete e poi aggiunge in fretta: «Ora però dobbiamo andare».

Giù al villaggio Dete e Heidi sentono che la nonna le sta chiamando.
«Che cosa posso portare alla nonna da Francoforte» chiede Heidi.
«Dei bei panini bianchi» dice Dete. «Il pane nero è troppo duro per lei».
Heidi è felice. Vuole portare dei panini bianchi alla nonna già oggi.

A Francoforte Heidi conosce Clara. Clara è la figlia del Signor Sesemann. La povera ragazza non può camminare e perciò deve sedere tutto il giorno su una sedia a rotelle. Quando il Signor Sesemann è in viaggio d'affari, è la Signorina Rottenmeier ad occuparsi dei bambini. Non ha il senso dell'umorismo e chiama Heidi Adelaide. Per fortuna Sebastian, il maggiordomo, è molto gentile. Insieme alla zuppa, serve morbidi panini bianchi. Heidi nasconde velocemente il suo: è per la nonna.

Quando Heidi si sveglia al mattino, si sente spaesata. Dalla finestra della sua camera non vede altro che muri grigi e finestre. Heidi ha nostalgia del suono dei pini. Heidi scopre in lontananza un alto campanile.

Presa da una forte nostalgia di casa, la bambina corre verso il campanile. Forse da lì si possono vedere i monti!
Sale in cima al campanile insieme al custode. Eppure Heidi non riesce a vedere i suoi monti, ma solo un mare di tetti. Heidi è triste. Per consolarla, il custode le regala i gattini che vivono nel campanile.

«Come? Cosa? Gatti?» grida la Signorina Rottenmeier disgustata quando Heidi torna a casa. «Fa' sparire quelle orrende bestiacce!».
Per fortuna Heidi e Clara trovano in Sebastien un alleato. Il maggiordomo aiuta le due ragazzine a nascondere i gattini in soffitta.

Il giorno dopo, la Signorina Rottenmeier si arrabbia di nuovo.
Dopo aver trovato i gattini, le cose peggiorano quando scopre anche i panini per la nonna che Heidi tiene da parte nell'armadio. All'ultimo momento Sebastien riesce a salvare il cappello di paglia di Heidi. La Signorina Rottenmeiere lo avrebbe di certo buttato via. Quando il Signor Sesemann torna dal suo viaggio d'affari, la Signorina Rottenmeier pretende che rimandi immediatamente quella bambina maleducata sui monti. Ma Clara non vuole assolutamente che Heidi se ne vada. Non si è mai divertita tanto come da quando c'è la sua nuova amica.

Quando il Signor Sesemann deve ripartire di nuovo, la nonna di Clara viene a farle visita per un paio di settimane.
Non è severa come la Signorina Rottenmeier e Heidi può chiamarla nonna.
La nonna ha portato con sé un libro con molte bellissime illustrazioni.
Ora Heidi impara volentieri a leggere. E può persino tenere il bel libro.
Il giorno in cui Nonna Sesemann deve ripartire però arriva presto.

Passa l'autunno e passa l'inverno. Heidi sente sempre più forte le nostalgia di casa e desidera tornare nelle sue montagne.
Poi tutto d'un tratto in casa Sesemann accadono strane cose. Ogni mattina trovano la porta di casa spalancata nonostante la sera prima sia stata chiusa a chiave. La Signorina Rottenmeier è sicurissima che in casa entrino ed escano degli spiriti. Preoccupato per Clara, il Signor Sesemann torna a casa. Insieme al suo amico dottore, fa la guardia per vedere qual è il mistero di questi fantasmi. A mezzanotte in punto sentono un rumore. I due uomini escono sul corridoio. C'è una porta aperta. Attraverso la porta spalancata la luna illumina il corridoio. Una figura bianca sta immobile sulla soglia: Heidi!

Il dottore capisce velocemente che cosa ha Heidi. Il grosso nodo in gola che non riesce ad ingoiare si chiama nostalgia di casa. C'è solo un rimedio: Heidi deve tornare fra le sua montagne.
Clara prepara una valigia per Heidi con molte cose belle. Ma per Heidi la cosa più importante è poter portare a casa il cesto con i panini bianchi per la nonna.

«Nonno! Nonno!» grida piena di gioia e anche il nonno è felice che Heidi sia tornata.
Quella notte Heidi finalmente riesce a dormir bene di nuovo. Heidi sente il fruscio degli abeti e sa di essere tornata a casa fra le sue montagne.

L'estate successiva Clara va a trovarla. Heidi ne è felicissima. Solo Peter non è contento. È geloso di Clara. Da quando Clara è arrivata, Heidi non è più tutta solo per lui. Pieno di rabbia, spinge la sedia a rotelle di Clara giù dalla montagna. Ora Clara deve imparare a camminare da sola. Heidi la aiuta. Ogni giorno va un po' meglio e presto Clara sta di nuovo bene.